幼兒全語文 階梯故事 系列

U0114788

# 分一半

袁妙霞　著
野人　繪

園丁文化

兔哥哥和兔妹妹都想吃蘋果，但蘋果只有一個，怎麼辦呢？

兔爸爸說：「把蘋果分開兩半，哥哥一半，妹妹一半，大家都有蘋果吃了。」

兔哥哥和兔妹妹都想畫畫，但畫紙
只有一張，怎麼辦呢？

兔爸爸説：「把畫紙分開兩半，哥哥一半，妹妹一半，大家都有紙畫畫了。」

這天，兔哥哥和兔妹妹乘坐公共汽車。
車上乘客很多，只剩下一個座位。

兔哥哥和兔妹妹都想坐下，但座位只有一個，怎麼辦呢？

兔哥哥和兔妹妹把座位讓給山羊伯伯。

# 導讀活動

## 提問

### 進行方法：

❶ 讀故事前，請伴讀者把故事先看一遍。
❷ 引導孩子觀察圖畫，透過提問和孩子本身的生活經驗，幫助孩子猜測故事的發展和結局。
❸ 利用重複句式的特點，引導孩子閱讀故事及猜測情節。如有需要，伴讀者可以給予協助。
❹ 最後，請孩子把故事從頭到尾讀一遍。

**封面**
1. 兔爸爸把什麼分給兔哥哥和兔妹妹？他是怎樣分的呢？請說說看。
2. 請把書名讀一遍。

**P2**
1. 桌上放着什麼東西？兔哥哥和兔妹妹都想怎樣？
2. 蘋果只有一個，不夠分呀！兔爸爸會怎樣處理呢？

**P3**
1. 你猜對了嗎？兔爸爸是怎樣處理的？
2. 你認為這方法好嗎？請說說看。

**P4**
1. 地上放着什麼東西？兔哥哥和兔妹妹都想做什麼？
2. 除顏色筆外，畫畫還需要什麼工具？圖中有多少張畫紙？
3. 畫紙只有一張，你猜兔爸爸會怎樣處理呢？

**P5**
1. 你猜對了嗎？兔爸爸是怎樣處理的？
2. 你認為這方法好嗎？請說說看。

**P6**
1. 圖中是什麼地方？你能猜出來嗎？
2. 公共汽車上乘客多嗎？還有多少個空座位呢？

**P7**
1. 誰跟着兔哥哥和兔妹妹上車了？你猜他需要座位嗎？為什麼？
2. 座位只有一個，你猜兔哥哥和兔妹妹會怎樣做呢？

**P8**
1. 你猜對了嗎？為什麼反而是後上車的山羊伯伯坐下了呢？
2. 如果你是兔哥哥和兔妹妹，你也會這樣做嗎？請說說看。

# 說多一點點

## 狐狸分肉

伊索寓言

兩隻狗同時發現了一塊肥肉，互不相讓。狐狸提出由牠來公平分肉。

狐狸故意把肉分成一大一小。為了公平，牠從大的一塊咬掉一口。

大塊變成小塊了，牠又從另一塊咬掉一口。就這樣左一口，右一口……

最後狐狸吃飽了，分給兩隻小狗的肉，卻只有拇指般大。

# 字卡

❶ 把字卡全部排列出來，伴讀者讀出字詞，請孩子選出相應的字卡。
❷ 請孩子自行選出多張字卡，讀出字詞並口頭造句。

請沿虛線剪出字卡。

| | | |
|---|---|---|
| 分開 | 兩半 | 蘋果 |
| 怎麼辦 | 畫紙 | 畫畫 |
| 乘坐 | 公共汽車 | 乘客 |
| 剩下 | 座位 | 讓給 |

幼兒全語文階梯故事系列
第4級（高階篇）

《分一半》

©園丁文化

幼兒全語文階梯故事系列
第4級（高階篇）

《分一半》

©園丁文化

幼兒全語文階梯故事系列
第4級（高階篇）

《分一半》

©園丁文化

幼兒全語文階梯故事系列
第4級（高階篇）

《分一半》

©園丁文化

幼兒全語文階梯故事系列
第4級（高階篇）

《分一半》

©園丁文化

幼兒全語文階梯故事系列
第4級（高階篇）

《分一半》

©園丁文化

幼兒全語文階梯故事系列
第4級（高階篇）

《分一半》

©園丁文化

幼兒全語文階梯故事系列
第4級（高階篇）

《分一半》

©園丁文化

幼兒全語文階梯故事系列
第4級（高階篇）

《分一半》

©園丁文化

幼兒全語文階梯故事系列
第4級（高階篇）

《分一半》

©園丁文化

幼兒全語文階梯故事系列
第4級（高階篇）

《分一半》

©園丁文化

幼兒全語文階梯故事系列
第4級（高階篇）

《分一半》

©園丁文化